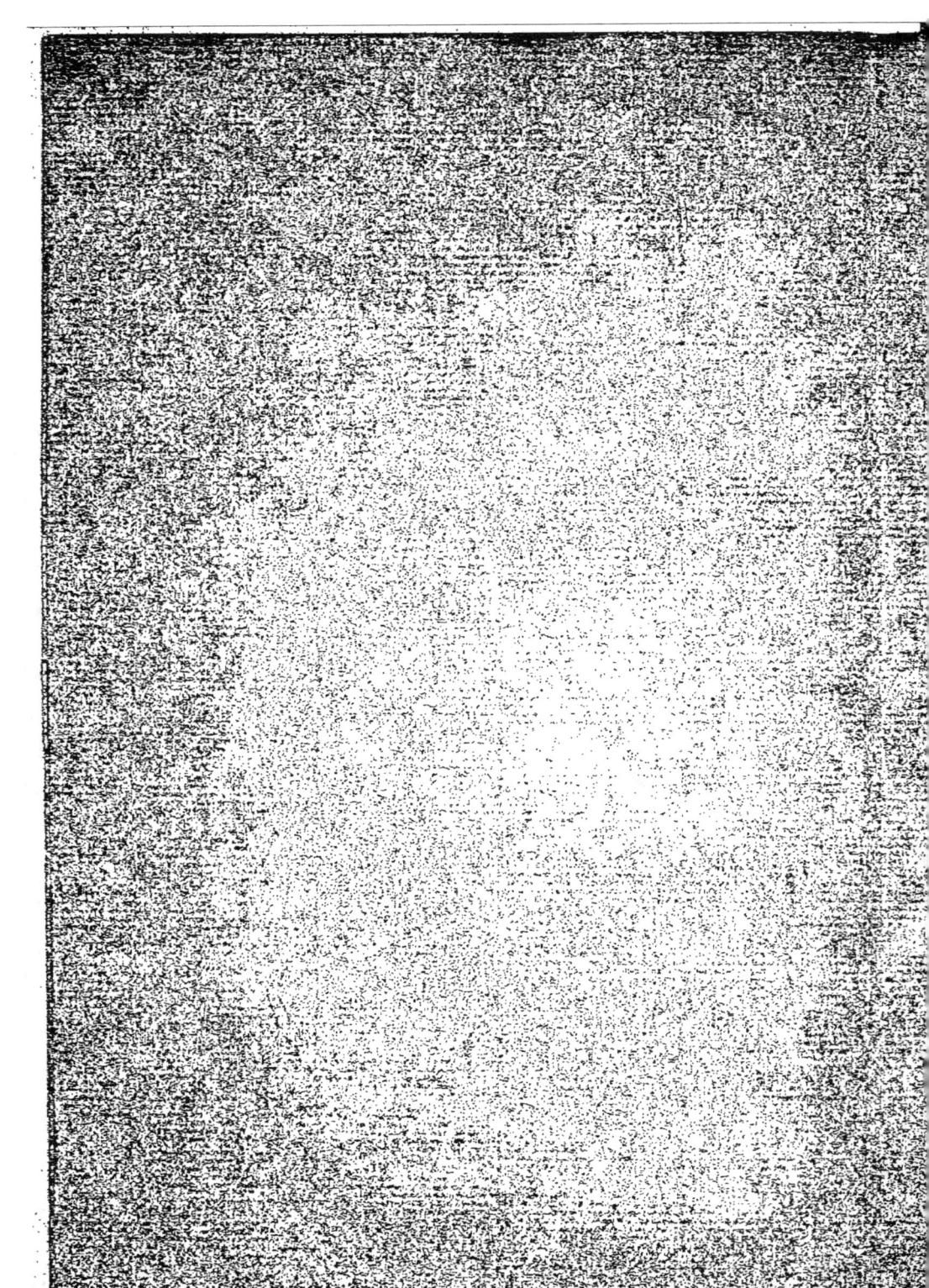

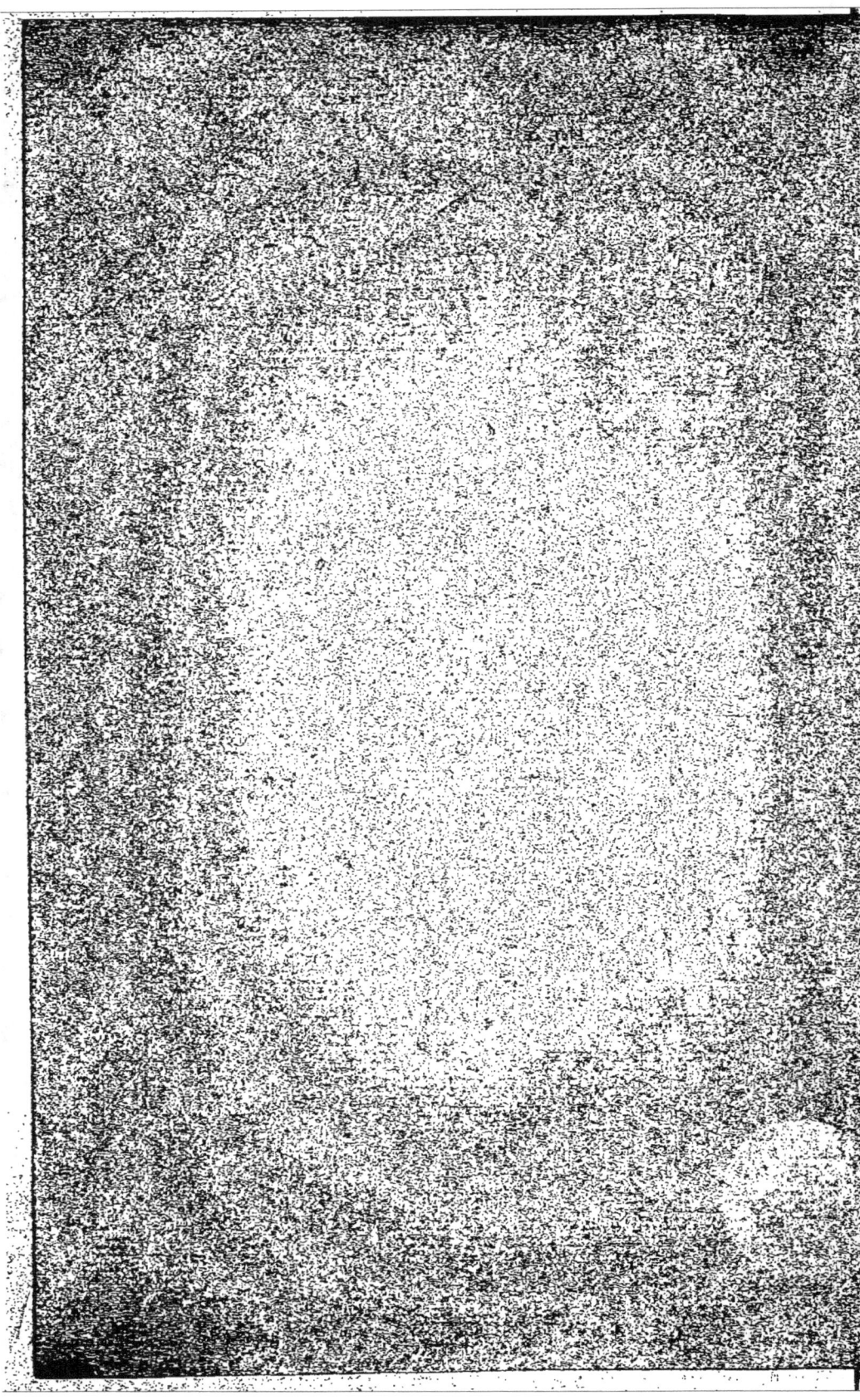

UN

MAGNÉTISEUR CHAMPENOIS

EN 1785

LE MARQUIS DE BAILLET

PAR

LOUIS BROUILLON

AVOCAT

CHALONS-SUR-MARNE

IMPRIMERIE MARTIN FRÈRES, PLACE DE LA RÉPUBLIQUE, 50

1900

UN MAGNÉTISEUR CHAMPENOIS

EN 1785

UN

MAGNÉTISEUR CHAMPENOIS

EN 1785

LE MARQUIS DE BAILLET

PAR

LOUIS BROUILLON

AVOCAT

CHALONS-SUR-MARNE

IMPRIMERIE MARTIN FRÈRES, PLACE DE LA RÉPUBLIQUE, 50.

1900.

AVANT-PROPOS

Une des matières qui, pendant ces dernières années, ont été le plus souvent à l'ordre du jour dans les controverses scientifiques, est l'étude de ces phénomènes singuliers du sommeil nerveux provoqué, à l'ensemble desquels on a donné le nom d'hypnotisme.

Le hasard nous a fait découvrir, au cours de recherches sur diverses localités de l'Argonne, deux documents des plus intéressants pour l'histoire de cette branche de la Science médicale.

Ces documents, qui portent en eux-mêmes tous les caractères désirables d'authenticité, puisque l'un d'entre eux a été rédigé par un notaire requis à cet effet et que l'autre a été spontanément écrit par un honorable curé, témoin des expériences, se rapportent à l'histoire d'un adepte du magnétisme, le marquis de Baillet, et d'un de ses « sujets », Paul Baillot, un ancêtre, avec le paysan de Buzancy traité par Puységur, de ces hypnotiques étudiés par les docteurs Charcot, Richer, Dumont-pallier, Bernheim et autres illustrations de la science contemporaine.

L'auteur de la présente publication a du reste, en 1879, eu la bonne fortune de suivre les conférences du docteur Charcot à l'hôpital de la Salpêtrière.

Il espère, en raison de ces circonstances, que le lecteur ne parcourra pas sans intérêt les pages qui suivent.

L. B.

UN MAGNÉTISEUR CHAMPENOIS

EN 1785

LE MARQUIS DE BAILLET

Au mois de février 1778, un docteur de l'Université de Vienne, Antoine Mesmer, originaire de Souabe, vint s'établir à Paris pour y exercer la médecine et y atteignit en peu de temps l'apogée de la célébrité.

Il était l'inventeur d'une méthode curative aussi curieuse qu'originale, reposant sur un principe qu'il appelait le magnétisme animal, méthode au moyen de laquelle il prétendait, non seulement guérir tous les malades qui se présenteraient à lui, mais même arriver à faire disparaître un jour la maladie de la surface du globe.

Il existe, disait en substance le docteur allemand, une influence mutuelle entre les corps célestes et les corps animés, influence s'exerçant au moyen d'un fluide impondérable, répandu partout et susceptible de recevoir et de transmettre toutes les impressions du mouvement. Le magnétisme animal est la propriété que possèdent les corps animés de subir, par l'intermédiaire de la substance des nerfs, l'influence des corps célestes. Lorsque cette action, qui détermine une sorte de flux et de reflux, cesse de s'exercer d'une manière normale, l'équilibre est rompu et la maladie survient, car celle-ci n'est produite que par l'aberration du fluide magnétique. Le but à atteindre, pour arriver à la guérison, est donc de rétablir la bonne direction de ce fluide.

Cette théorie, tant soit peu mystique, n'était pas absolument nouvelle, puisqu'elle reposait sur la vieille conception de l'influence des astres sur la vie des hommes et les évènements de ce monde, conception qui servait de base à la plupart des cosmogonies antiques. Quoi qu'il en soit, cette rénovation d'un vieux principe arrivait en son temps, car le xviiie siècle, malgré l'envahissement des nouvelles idées philosophiques, était foncièrement ami du merveilleux.

Le principal instrument, employé par Mesmer pour arriver à rétablir le cours du prétendu fluide, fut le célèbre baquet auquel il donna son nom. Une corde, qui y était attachée, faisait le tour de l'assistance et passait entre les mains de tous les malades rangés en cercle et formant une suite continue, de manière à recevoir en commun l'action du courant.

Ces réunions eurent un succès prodigieux. Mesmer apparaissait au milieu des malades et, par son regard fascinateur et le choc d'une baguette qu'il tenait à la main, augmentait l'effet de ces pratiques mystérieuses.

Mesmer quitta Paris en 1774, après fortune faite. Bien qu'il fut essentiellement charlatan, il eut néanmoins le mérite d'attirer l'attention des savants sur un ordre de faits physiologiques ou psychologiques jusque-là peu connus. Il laissait derrière lui un grand nombre d'adeptes, réunis en sociétés ou pratiquant isolément dans les diverses parties de la France.

Un de ceux-ci, le marquis de Puységur, fit en cette même année une découverte importante.

Un jour qu'il traitait par le magnétisme, en sa terre de Buzancy, près Soissons, un paysan alité pour une maladie aiguë, il le vit à son grand étonnement tomber dans un sommeil paisible, puis se mettre à parler et à s'occuper de ses affaires. Puységur s'aperçut qu'il pouvait à sa volonté diriger ses pensées, lui faire croire qu'il assistait à une fête, qu'il dansait ou qu'il se livrait à des exercices d'adresse.

Ces cas se multiplièrent et, au bout de quelques mois, l'opérateur en comptait dix. Ce phénomène inconnu n'était autre chose que le sommeil hypnotique.

« Je ne connais, écrivait le magnétiseur avec enthousiasme, rien de plus profond et de plus clairvoyant que ce paysan quand il est en état de crise. J'en ai plusieurs qui approchent de son état, mais aucun ne l'égale ».

Cette lucidité dans le sommeil fut immédiatement utilisée dans un but médical. On mit le « sujet » en présence des malades, on l'interrogea sur la nature de leurs souffrances, on lui demanda d'indiquer les remèdes les plus convenables, et celui-ci, la plupart du temps sans hésitation, répondit à toutes les questions qui lui étaient posées. Peu s'en fallut qu'on ne crut avoir trouvé le dernier mot de la médecine.

L'inutilité des instruments magnétiques étant désormais démontrée, on abandonna l'appareil théâtral dont les Mesmériens avaient fait usage jusque-là. On ne magnétisa plus que par suggestion, par une volonté ferme, aidée du regard ou de quelques mouvements de la main.

« Croire et vouloir » tel fut le principe de Puységur, qui, de disciple, devint chef d'école à son tour.

Parmi ses adeptes de la première heure se trouvait un représentant de la noblesse champenoise, le marquis de Baillet.

Antoine-Pierre-François-Marie-Gabriel, marquis de Baillet, était fils de Charles-Louis-Marie Baillet, comte d'Epense, capitaine de dragons et lieutenant pour le roi des ville et château de Sainte-Menehould.

Ce dernier, qui s'était particulièrement distingué à la bataille de Fontenoy, avait obtenu du roi Louis XV, en 1768, l'érection de la terre de Givry-en-Argonne, qui lui était échue en héritage, en marquisat de Baillet. C'est sous cette dénomination que cette localité fut dès lors officiellement désignée, non sans de vives protestations de la part des habitants, peu satisfaits, en général, de ce changement inopiné du nom de leur paroisse.

Les uns, à la tête desquels se trouvait le notaire, s'obstinèrent à écrire : Givry-en-Argonne, mais sans succès, car le titulaire de l'étude, après une coûteuse procédure, fut contraint, par sentence judiciaire, d'employer dans les actes de son ministère la nouvelle désignation légale.

D'autres, résignés, ou se trouvant sous la dépendance directe de la famille seigneuriale, adoptèrent la formule officielle.

Enfin le curé, mieux avisé, trouva un moyen terme ingénieux en écrivant : Givry-Baillet, ce qui était une solution satisfaisante de la difficulté.

Il est donc bien entendu que la paroisse de Baillet dont il va être parlé, n'est autre que Givry-en-Argonne (Marne).

Gabriel de Baillet, après avoir rempli pendant quelque temps les fonctions de capitaine de dragons au régiment du mestre-de-camp général, quitta le service d'assez bonne heure, et, étant devenu veuf, en 1778, d'Anne-Louise Grossart de Virly, occupa ses loisirs à diverses recherches témoignant de son esprit éclairé et de ses goûts studieux.

Le marquis, qui avait, disait-il, été fréquemment témoin des heureux effets du magnétisme pour la guérison des maladies, se proposa, à l'exemple de Puységur, d'expérimenter lui-même cette méthode en son domaine de Givry.

Il trouva un excellent « sujet » dans la personne d'un jeune garçon du voisinage, nommé Paul Baillot, âgé de dix-sept ans et originaire du Vieil-Dampierre. Ce jeune homme, chez lequel il provoqua le sommeil magnétique dès la première fois qu'il le vit, avait été guéri par lui de la fièvre quarte à la suite de magnétisations réitérées pendant une douzaine de jours et lui servit désormais de *medium*.

Etant en état de somnambulisme artificiel, Paul Baillot, sur l'interrogation du marquis, désignait le genre d'affection dont étaient atteints les malades, et, après avoir indiqué le mal, faisait connaître le remède, ainsi que la manière de l'administrer.

Plusieurs gentilshommes, ecclésiastiques et notables des environs furent convoqués aux expériences. On remarquait parmi eux messire Jacques-Paul Dijonval, écuyer, résidant au château de Vauréal, messire Nicolas-Martin Machet, curé d'Epense, messire Antoine André, curé de Givry, messire François Bertin, curé de La Neuville-aux-Bois, et maître Edme-Joseph Guichard, avocat en parlement, demeurant à Vitry-le-François.

Le 3 octobre 1785, le marquis, encouragé par le succès, décida qu'il se tiendrait chez lui une séance solennelle dont Me Blanchin, notaire royal à Givry, dresserait, en présence de témoins, un procès-verbal en bonne forme.

La réunion devait avoir lieu dans le grand salon du château, aujourd'hui détruit, salon dont la disposition et l'ameublement nous sont connus par un inventaire du temps. C'était une vaste pièce éclairée par cinq fenêtres. Elle était décorée de deux trumeaux ouvragés et tapissée de six pans de toile peinte à personnages. Aux murs étaient accrochés quelques tableaux. Comme meubles se voyaient une petite commode à feuille de marbre et deux tables à jouer avec leurs jeux de trictrac. Les sièges, très nombreux, comprenaient un sopha et douze cabriolets ou fauteuils recouverts de tapisserie et garnis de housses de toile peinte, de la fabrique de Jouy. Il y avait en plus deux autres fauteuils et deux chaises de bois et de paille damassée. On verra plus loin que, malgré cette abondance de sièges, bon nombre d'assistants durent ce jour-là rester debout.

Le procès-verbal de Me Blanchin, un des actes les plus inattendus qui se puisse rencontrer dans les minutes d'un notaire, mérite d'être relaté en entier. En voici, mot pour mot, la teneur :

« Aujourd'huy, troisième jour du mois d'octobre 1785,
« avant midi, à la réquisition de Messire Antoine-Pierre-
« Jean-François-Marie-Gabriel, marquis de Baillet, comte
« d'Epense, seigneur de Remicourt, Gomicourt, Bournon-
« ville, Les Essarts, La Maison-Dieu, Freginville, Dommar-
« tin-sur-Yèvre et autres lieux, ancien capitaine dans le
« régiment du mestre-de-camp général des dragons, demeu-
« rant ordinairement en son château d'Epense, étant pour
« le présent en son château de Baillet et y magnétisant
« depuis environ deux mois, nous, Claude Blanchin, notaire
« royal au bailliage de Vitry-le-François, résidant à Baillet,
« accompagné du sieur Ambroise Picart, huissier royal,
« demeurant à Saint-Mard-sur-le-Mont, et de Me Jean-Nicolas
« Varin, bachelier en droit de l'Université de Reims,
« demeurant audit lieu de Baillet, témoins à défaut d'un
« second notaire, nous sommes transporté au château de
« Baillet, où étant, ledit seigneur marquis de Baillet nous a
« déclaré qu'ayant été témoin nombre de fois des effets
« avantageux opérés par le magnétisme sur différents ma-
« lades, il avoit cru devoir en faire usage en son château
« de Baillet ; qu'il y a environ deux mois, le nommé Paul
« Baillot, garçon âgé de dix-sept ans ou environ, natif du
« Vieil-Dampierre, ayant la fièvre quarte depuis quatorze
« mois, se seroit présenté à lui ; que, l'ayant magnétisé,
« ledit Baillot dès la première fois est devenu somnambule ;
« qu'il a continué le même procédé pendant treize jours et
« que, chaque fois qu'il en faisoit usage, ledit Baillot
« retomboit dans le même état et qu'au bout de ce temps
« la fièvre l'a quitté ; que, dans les différentes crises qu'il
« a éprouvées, il annonçoit toujours l'époque de la guérison

« sans avoir jamais varié et qu'effectivement elle s'est
« trouvée un jour qu'il avoit indiqué ; que le trente sep-
« tembre dernier, ledit Baillot ayant eu un ressentiment
« de fièvre, ledit seigneur lui a encore administré le même
« remède qui a produit sur lui le même effet en le faisant
« retomber somnambule ; que, dans la première crise,
« ledit Baillot a déclaré que, sous quatre jours, il seroit
« guéri et que la cause de sa rechûte étoit d'avoir été trop
« longtemps aux prés, où il avoit travaillé à des regains ;
« que, depuis ledit jour, ayant continué son magnétisme, tant
« sur ledit Baillot que sur différentes personnes qui se sont
« présentées chez lui, il auroit ordonné audit Baillot de
« toucher successivement les personnes malades, d'indiquer
« le genre de maladie ou incommodité, la cause desdites
« maladies ou incommodités, l'espèce de remède qui con-
« venoit à chacune, la manière de les magnétiser, combien
« de temps dureroient les maladies ou incommodités ; à
« quoi ledit Baillot a toujours obéi, touchant dans son état
« de somnambulisme chaque malade qui lui étoit présenté
« l'un après l'autre, répondant aux questions dudit sei-
« gneur, indiquant le genre de maladie qu'il reconnaissoit,
« la cause du mal, le remède qui lui sembloit propre, mon-
« trant, tantôt sur le malade, tantôt sur lui-même, la
« manière d'administrer à chacun le magnétisme ; qu'en-
« suite ledit Baillot revenoit dans son état naturel, s'éveilloit
« et ne se souvenoit en aucune manière, ni de ce qu'il avoit
« fait, ni de ce qu'il avoit dit dans son état de somnambule,
« ce qui a été également attesté par Messire Jacques-Paul
« Dijonval, écuyer, résidant au château de Vauréal, Messires
« Nicolas-Martin Machet, prêtre curé d'Epense, Antoine
« André, prêtre curé de Baillet, François Berlin, prêtre
« curé de La Neuville-aux-Bois, les sieurs Memmie Appert,
« lieutenant en la justice de Baillet, Claude Millon, procu-
« reur fiscal en la même justice, Claude Collin, maître en
« chirurgie, demeurant audit lieu de Baillet, qui ont tous été

« présents aux opérations et à l'administration du magné-
« tisme; nous requérant ledit seigneur acte de ladite
« attestation et, de suite, de dresser procès-verbal, en
« présence des dits sieurs sus-nommés, de ce qui alloit être
« fait et dit par ledit Baillot ;

« Et à l'instant, ledit Baillot étant entré dans le salon
« dudit château, où étoient rassemblées les différentes
« personnes malades ci-après nommées, il a été formé une
« chaîne entre elles et ledit Baillot ; ledit seigneur marquis
« de Baillet ayant fait usage de son procédé en fixant seu-
« lement ledit Baillot, lequel, peu de momens après, s'est
« assoupi progressivement et dans l'espace de deux ou trois
« minutes est demeuré somnambule ;

« Alors demoiselle Catherine Blanchin, fille majeure,
« demeurant audit lieu de Baillet, ayant quitté la chaîne
« et s'étant approchée dudit Baillot, ledit seigneur marquis
« de Baillet lui a ordonné de toucher la malade et d'indi-
« quer où étoit son mal, s'il la pourroit guérir, et dans
« combien de temps, et quel remède pourroit convenir ;

« A quoi ledit Baillot, après avoir touché la malade, a
« répondu qu'il voyoit son mal, qu'il étoit au creux de l'es-
« tomac et en train de guérir ; que la guérison seroit achevée
« dans quinze jours ou trois semaines, qu'il ne falloit lui
« donner d'autre remède qu'un verre d'eau, dans lequel
« seroit fondu un petit morceau de beurre, de deux jours
« en deux jours, et la magnétiser, montrant la manière
« dont elle devoit l'être ; a été déclaré par ladite demoiselle
« Blanchin qu'elle sentoit habituellement sa douleur à l'en-
« droit indiqué par ledit Baillot et s'est retirée ;

« Nicole Jolly, veuve de Nicolas Jolly, demeurant à Baillet,
« sourde depuis trois ans, s'étant présentée audit Baillot et
« ayant été par lui touchée, après les mêmes questions à
« lui faites, ledit Baillot a dit que son mal étoit dans la tête,
« qu'il diminuoit de jour en jour, qu'il falloit continuer et
« la magnétiser deux fois par jour, mettre de l'eau tiède dans

« ses oreilles aussi deux fois par jour et qu'elle seroit guérie
« sous un mois ; et, à l'instant, ladite Jolly, questionnée par
« les personnes présentes qui la connaissoient très sourde,
« a répondu facilement aux questions qui lui étoient faites,
« disant que, depuis qu'elle venoit au château, sa surdité
« diminuoit de jour en jour et en marquant beaucoup de
« joye.

« Louise Buvate, demeurant au château de Baillet, ayant
« été touchée par ledit Baillot et ledit Baillot, interrogé
« par ledit seigneur, a dit qu'il voyoit une pelote de
« vers dans son corps, qu'il falloit lui donner de la
« poudre aux vers ou autre remède semblable, la magné-
« tiser deux fois par jour, et, à l'instant, ledit sieur Collin,
« ayant présenté audit Baillot de la mousse de Corse, ledit
« Baillot l'a prise et pesée dans ses mains, a dit que ce
« remède étoit bon, qu'il falloit le faire infuser pendant
« vingt-quatre heures dans du vin ou de l'eau tiède, en
« donner à la malade une première prise lundi prochain et
« la seconde prise le lundi suivant.

« Anne Brouart, demeurant à Sivry-sur-Ante, touchée
« par ledit Baillot et ledit Baillot interrogé par ledit sei-
« gneur, a dit voir un gros ventre plein d'eau rousse dans
« la quantité d'un seau, qu'il falloit la magnétiser deux fois
« par jour, a montré sur elle-même la manière de la ma-
« gnétiser, que la malade guériroit dans un mois et demi
« par un dévoiement qui dureroit deux jours, que, pendant
« le dévoiement, il ne faudroit lui donner que de l'eau
« chaude, des bouillons et petites soupes, et ne point la
« magnétiser parce que cela la refroidiroit ; qu'elle seroit
« bien mal pendant ce dévoiement, mais qu'ensuite elle
« guériroit et, qu'après, il faudroit encore la magnétiser
« quelque temps et, à l'instant, le sieur Collin, chirurgien,
« ayant touché la malade, a déclaré qu'elle étoit effective-
« ment hydropique et avoit dans le ventre une quantité
« d'eau considérable et, ayant mesuré, le tour du ventre

« s'est trouvé être de la circonférence de trois pieds dix
« pouces huit lignes.

« Marie-Anne Jannel, femme de Claude George, demeu-
« rant à Baillet, touchée par ledit Baillot, ledit Baillot inter-
« rogé comme dessus, a dit voir à cette femme une incom-
« modité au bras droit en lui tenant ledit bras, que cette
« incommodité lui provenoit d'une révolution de sang, a
« montré l'endroit du mal, qui est au coude sans néanmoins
« aucune marque extérieure, qu'en la magnétisant de la
« manière qu'il a montré sur elle-même cela lui fortifieroit
« le bras et qu'elle seroit guérie sous quinze jours ou trois
« semaines, et, à l'instant, lui ayant montré le bras d'une
« autre personne saine, frappé de l'impression du premier
« bras qu'il avait touché, a dit en hésitant qu'il lui croyoit
« le même mal, mais, ayant examiné de plus près ledit bras,
« a déclaré qu'il n'y voyoit aucun mal.

« Marie-Marguerite Pierrette, fille majeure, demeurant à
« Baillet, malade d'épilepsie, présentée audit Baillot, il a
« refusé de la toucher, disant qu'elle tomboit d'un mal
« depuis environ un an et demi et qu'il craignoit pour lui-
« même s'il la touchoit, a montré sur lui la manière de la
« magnétiser et qu'en le faisant elle pourroit guérir dans
« deux mois.

« François Caillet, garçon majeur, demeurant à La Neu-
« ville-aux-Bois, touché par ledit Baillot, et ledit Baillot
« interrogé par ledit seigneur, a dit qu'il avoit la fièvre
« quarte depuis un mois (ce qui a été attesté par le malade
« même), qu'il avoit des palpitations de cœur, ce qui a été
« vérifié sur le champ par ledit sieur Collin, chirurgien, et
« autres personnes présentes, a montré la manière de le
« magnétiser deux fois par jour, ajoutant qu'il falloit lui
« donner deux prises de poudre d'aillot [1] à quinze jours

---

[1] La poudre d'Ailhaud (et non d'aillot) était un purgatif très
usité au siècle dernier. Elle portait le nom de son inventeur, Jean-

« de distance chacune; qu'à ce moyen il guériroit dans un
« mois.

  « Pierre Hurault, garçon demeurant à Baillet, présenté
« audit Baillot, ledit Baillot a dit que ce jeune homme
« avoit du mal au bras, que ce mal lui provenoit de peur
« et d'avoir été battu (ce qui s'est trouvé vray), a montré
« le bras véritablement affligé, la manière de le magnétiser
« deux fois par jour pendant deux mois, au bout desquels
« il seroit guéri.

  « Et ledit seigneur marquis de Baillet s'étant en ce moment
« retiré à quelque distance dudit Baillot après avoir
« annoncé qu'il alloit l'éveiller, ledit Baillot s'est effecti-
« vement réveillé, a repris son premier état et est sorti du
« salon.

  « De tout ce que dessus, nous, notaire susdit, accompagné
« de nos dits témoins, avons, à la réquisition dudit seigneur
« marquis de Baillet, fait et dressé le présent acte en pré-
« sence desdits sieurs susnommés et aussi en présence de
« M⁰ Edme-Joseph Guichard, avocat en Parlement, demeu-
« rant à Vitry, qui a seulement assisté à la séance de ce-
« jourd'hui et ont lesdits sieurs comparants signé avec nous
« et nosdits témoins les jour et an que dessus, lecture faite ».
        (Suivent les signatures).

  Une aussi mémorable journée ne pouvait se terminer sans
incidents. Messire Nicolas-Martin Machet, curé d'Epense,
qui avait passé la soirée au château et y avait reçu l'hospi-
talité pour la nuit, se charge de nous apprendre la suite des
évènements dans un second procès-verbal non moins
curieux que le précédent, et pour le fond, et pour la forme :

  « Je soussigné, prêtre curé d'Epense, diocèse de Chaalons-
« sur-Marne, juridiction de Vitry-le-François, distant de

Gaspard Ailhaud, médecin provençal, qui en tira des bénéfices
immenses. Ce médicament avait pour base la scammonée.

« ma paroisse d'Epense, ainsi que de Baillet, de sept lieues ;
« transporté au château de Baillet pour m'assurer des effets
« singuliers attribués au nommé Paul Baillot dans ce qu'on
« appelle *somnambulisme magnétique*, et témoin oculaire
« et auriculaire de ceux rapportés dans l'acte reçu devant
« M⁰ Blanchin, notaire, en date du trois octobre 1785 ;
« Certifie que, le même jour, sur les onze heures et demie
« du soir, retiré dans une chambre haute du château, je fus
« alarmé par des cris aigus et redoublés ; je précipitai mes
« pas vers la cuisine d'où ils sembloient venir. J'y trouvai
« en effet la nommée Louise Buvatte, domestique du château,
« citée dans le susdit procès-verbal. Je la trouvai, les che-
« veux épars, la tête renversée sur la chaise, le col affreu-
« sement gonflé, ressemblant à un goêtre des plus considé-
« rables, les yeux hagards, le teint violet, poussant des cris
« quelquefois étouffés et quelquefois aigus et perçans,
« environnée de trois personnes qui avoient peine à la
« retenir dans ses mouvements convulsifs.

« Ledit Baillot étoit dans le sommeil magnétique où
« Monsieur le marquis de Baillet, magnétisant, m'a dit
« l'avoir mis pour ordonner le traitement de la malade. Le
« somnambule, en ce moment, imprimoit l'extrémité de
« ses doigts sur l'estomac de la souffrante, puis il dit intel-
« ligiblement : Qu'on lui donne un demi-verre d'eau fraîche
« à boire.

« Le magnétiseur l'interrogea : Quelle est la cause de ces
« convulsions ?

« — Je vois des vers qui pissent.

« — Qu'entends-tu par là ?

« — Un ver qui pisse fait une aigreur.

« La crise augmentant : Vois-tu le mal qui redouble ?

« — Je le vois bien. Vite, vite, de l'eau, de l'eau froide !
« Qu'on la lui jette sur la tête, monsieur. De l'eau, vite donc !

« Ceci fut prononcé avec une élévation de voix et une
« volubilité que je ne lui avois pas remarquée dans son état

« de somnambulisme précédent et qui n'est pas même
« ordinaire dans son état naturel, pour l'avoir connu.

« La crise paraissant être modérée, Monsieur le marquis
« de Baillet lui demanda si elle auroit de nouvelles convul-
« sions.

« — Je ne sçais pas.

« — Dormira-t-elle ?

« — Pas tranquille.

« Touchant toujours la malade :

« Je vois qu'elle a une indigestion, parce qu'elle a mangé
« des fruits, de la salade et de l'huile d'olive. Cela ne lui
« vaut rien. Voilà que cela se passe tout doucement. Il faut
« qu'on la tienne chaudement ; il ne faut pas qu'elle ait
« froid.

« Après avoir éveillé le somnambule, Monsieur le marquis
« fit conduire la domestique dans sa chambre pour la
« changer et la mettre au lit. Dès qu'elle fut couchée, les
« convulsions recommencèrent avec plus de violence.
« Baillot, endormi une seconde fois au simple regard, serre
« de tous ses doigts et avec force l'estomac de la malade.
« La crise continue, les secousses et crispations de nerfs
« sont brusques et véhémentes ; on appréhende des accidens
« graves pour la suite. Nouvelle question, nouvelle
« réponse, nouveau traitement. Que doit-on faire ?

« — Donnez-moi un gobelet plein d'eau.

« Il le reçut de la main droite, le ferma avec la paume
« de la gauche et parut, en l'inclinant, chercher avec
« embarras où l'appliquer.

« — Je ne sçaurois.

« Monsieur le marquis détourne la couverture et le som-
« nambule, avec dextérité, applique et comprime ledit
« gobelet sur l'estomac de la souffrante. Quatre ou cinq
« minutes après, il laisse couler environ la moitié de l'eau,
« presse avec le reste l'estomac un espace de temps égal au
« premier et laisse écouler le reste du gobelet.

« — Qu'on m'apporte un fer chaud !

« On lui donne un fer à repasser échauffé ; il le place
« sur l'endroit qu'il avoit rafraîchi et dit de lui-même :

« — Il faudroit la faire vomir. Elle aura de la peine.

« — Que faut-il lui donner ?

« — De l'eau tiède et du beurre, gros comme cela (en
« montrant le bout de son pouce).

« La boisson préparée est mise sous les yeux du som-
« nambule :

« — Qu'on lui en donne un petit verre !

« Celui-là détermina le vomissement. La malade rendit
« la moitié d'une grande cuvette. L'estomac n'étoit pas
« entièrement débarrassé :

« — Encore un demi verre !

« Elle n'eut pas plus tôt pris ce troisième qu'elle rendit
« à plein gosier une quantité d'alimens aigris, parmi les-
« quels j'ai distingué facilement de la salade, des pelures
« de pêche et d'autres fragmens de pain et de viande.

« Après le vomissement elle parut plus calme et le
« somnambule cessa d'opérer, c'est-à-dire d'imprimer ses
« dix doigts sur l'estomac de la malade. Monsieur le mar-
« qui demanda à la domestique si elle se trouvoit mieux :
« Oui, répondit-elle.

« — Oh ! je le crois bien, repartit le somnambule d'un
« ton d'assurance qui me frappa.

« Le mieux se soutenant : Aura-t-elle encore des crises ?

« — Oh ! non, — en secouant la tête, — c'est fini.

« — Aura-t-elle une bonne nuit ?

« — Elle ne dormira pas à son aise.

« Alors Monsieur le marquis éveilla le somnambule qui
« ne se souvint d'aucune question ni d'aucune réponse. Je
« me retirai dans ma chambre, à une heure et demie du
« matin, pour me livrer au sommeil. Il ne fut ni long, ni
« paisible après un évènement si extraordinaire. Je m'as-
« surai à mon lever, d'après le témoignage de la malade et

« celui de la personne qui l'avoit gardée, que la nuit s'étoit
« passée comme il avoit été annoncé.

« La mémoire récente, l'imagination remplie de ce qui
« s'est passé sous mes yeux, j'écris des faits sensibles le jour
« même où ils sont arrivés, sans changer les réponses du
« somnambule et les rendant mot pour mot.

« Pourquoi j'ai fait et rédigé le présent pour être annexé
« à l'acte reçu par Mᵉ Blanchin, notaire, en date de cejour-
« d'huy.

« Fait au château de Baillet, ce quatre octobre mil sept
« cent quatre-vingt cinq ».

Signé : Machet, *curé d'Epanse.*

« Contrôlé à Givry [1] le six octobre 1785. Reçu quinze
« sols ».

Signé : Blanchin.

On lit ensuite :

« Le présent acte a été déposé ès-mains de moi, notaire
royal soussigné, par Mᵉ Nicolas-Martin Machet, prêtre curé
d'Epense, soussigné, pour être annexé à l'acte reçu devant
moi, notaire, le trois du présent mois, pour être délivré
des expéditions à qui il appartiendra, cejourd'huy, de
relevée quatrième jour du mois d'octobre mil sept cent
quatre-vingt-cinq, en présence de Jacques Cadas, bûcheron
et Florentin Limaille, charron, demeurant à Baillet, témoins
à défaut d'un second notaire, et a, le sieur Nicolas-Martin
Machet, curé, signé avec nous et témoins, lecture faite ».

Suivent les signatures.

« Contrôlé à Givry le six octobre 1785. Reçu quinze
sols ».

Signé : Blanchin.

---

[1] Le contrôleur, entraîné par l'habitude, écrit : Givry, et non :
Baillet. — Cette dernière dénomination ne dut jamais être très
employée dans le langage courant. Elle prit fin en 1789, c'est-à-
dire vingt-et-un ans après sa création.

Le lecteur, après avoir parcouru les documents qui précèdent, se demandera vraisemblablement s'ils ne sont que la constatation de quelque supercherie ou s'ils reposent sur une base scientifique sérieuse.

La première solution n'est pas admissible, car le marquis de Baillet était d'une honorabilité au-dessus de tout soupçon et n'avait aucun intérêt, quel qu'il fut, à tromper d'honnêtes gens de son entourage, à la considération desquels il devait tenir.

Quant au jeune Baillot, il n'y a pas lieu de suspecter davantage sa bonne foi, puisque rien, dans ses actes, n'est inexplicable dans l'état actuel de la science.

Avant de le démontrer, il n'est pas inutile d'examiner si ce qu'on appelait autrefois le magnétisme animal et qu'on désigne aujourd'hui sous le nom d'hypnotisme, peut servir de base à un traitement médical, en d'autres termes, si, en magnétisant ou en hypnotisant des malades, on peut arriver à les guérir, comme le croyaient Mesmer, Puységur, le marquis de Baillet et d'autres.

La réponse à cette question a été faite, dès le XVIIIe siècle, par les corporations savantes appelées à donner leur avis sur cette matière.

La Société royale de Médecine, devenue plus tard Académie de Médecine, la Faculté et l'Académie des Sciences conclurent en deux rapports rendus publics que l'imagination seule des malades avait pu donner quelques résultats dans le traitement par le magnétisme, qu'il n'y avait point de guérison réelle et que les effets de ce prétendu moyen de guérir pouvaient même être considérés comme plus nuisibles qu'utiles.

Les expériences faites de nos jours ont confirmé l'ensemble de ces conclusions et il n'y a guère eu d'amélioration constatée que dans quelques cas de troubles nerveux dont l'énumération ne serait pas longue.

Il nous reste à étudier quel était l'état du jeune Baillot,

lorsqu'il se trouvait sous l'influence de ce que les procès-verbaux ci-dessus appellent le somnambulisme magnétique.

Le jeune Baillot était un hypnotisé, chez lequel le sommeil nerveux était provoqué au moyen de la fixation par le regard. Etant endormi, ce qui, est-il dit, arrivait au bout de deux ou trois minutes, il se trouvait dans un degré léger d'hypnotisation, phase dans laquelle l'intelligence subsiste, mais où la volonté du patient disparait et où, malgré les efforts qu'il peut faire pour y résister, celle de l'opérateur se substitue entièrement à la sienne. Dans cette situation, le cours des idées personnelles est suspendu et toute excitation provoquée par l'opérateur détermine l'action sans entraves des facultés cérébrales du patient.

Le jeune Baillot, endormi presque chaque jour pendant l'espace de deux mois, était devenu comme un instrument entre les mains du marquis de Baillet. Celui-ci lui ayant dit et répété que, étant endormi, il pouvait, selon les idées du temps, « toucher les malades, indiquer où était leur mal, s'ils pouvaient guérir, dans combien de temps et quels remèdes pouvaient convenir », le sujet, sous l'empire de cette impulsion, agissait dans le sommeil comme un homme qui a toute la capacité nécessaire pour accomplir cette mission. En raison d'une surexcitation extrême de la mémoire, il pouvait, non seulement reconnaitre les malades qui lui étaient présentés, mais encore se rappeler leurs maladies, ainsi que les remèdes qu'il avait entendu indiquer comme les plus propres à la guérison, soit par le marquis de Baillet, soit par le médecin du village, soit par d'autres personnes. Cette précision du souvenir est telle chez certains hypnotiques qu'on en a entendu réciter sans se tromper une page entière de dictée qu'on venait de lire devant eux.

Il est bien entendu que, malgré l'assurance de ses affirmations, le jeune Baillot était hors d'état de faire des diagnostics plus sérieux que ceux des médecins ou chirurgiens de son entourage, puisqu'il ne faisait qu'en rééditer inconsciemment les opinions, parfois des plus singulières.

Puységur et le marquis de Baillet, en attribuant à un sujet plongé dans le sommeil magnétique des facultés spéciales de clairvoyance médicale, étaient donc dans l'erreur. Les hypnotisés de ce degré sont, ainsi qu'il a été dit, de parfaits automates n'agissant que sous l'influence des idées qu'on leur a suggérées. Le magnétiseur, cause première de la direction que prenaient ces idées, supposait à tort qu'il existait chez le patient une lucidité particulière qui lui permettait de les concevoir. Ce malentendu est aujourd'hui pleinement dissipé et personne ne songe plus depuis longtemps à recourir à la clairvoyance des somnambules pour établir le diagnostic des maladies ou pour décider du traitement qu'il convient de suivre pour les guérir.

Châlons Imp. MARTIN frères

DU MÊME AUTEUR

Les Comtes de Dampierre-en-Astenois (Dampierre-le-Château, Marne). — 1886.

Givry-en-Argonne et son histoire. — 1887.

Le camp romain de la Murée, territoire de Possesse (Marne), et l'ancienne localité d'Ariola. — 1896.